T0131411

YO MISMA

ÁNGELES MASTRETTA

YO MISMA

ANTOLOGÍA

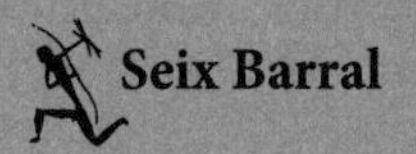

Diseño de portada: Planeta Arte & Diseño / Daniel Bolívar
Ilustraciones de portada e interiores: Rosario Lucas
Fotografía de la autora: © Víctor Benítez

Bajo el sello editorial SEIX BARRAL M.R.
Avenida Presidente Masarik núm. 111, Piso 2
Colonia Polanco V Sección, Miguel Hidalgo
C.P. 11560, Ciudad de México
www.planetadelibros.com.mx

Primera edición en formato epub: noviembre de 2019
ISBN: 978-607-07-6336-6

Primera edición impresa en México: noviembre de 2019
ISBN: 978-607-07-6337-3

Impreso en los talleres de Litográfica Ingramex, S.A. de C.V.
Centeno núm. 162-1, colonia Granjas Esmeralda, Ciudad de México
Impreso y hecho en México - *Printed and made in Mexico*

Me comprometo

a vivir con intensidad y regocijo,
a no dejarme vencer por los abismos,
ni por el miedo, ni por el olvido, ni siquiera
por el tormento de una pasión contrariada.
Me comprometo a recordar, a conocer
mis yerros, a bendecir mis arrebatos.
Me comprometo a perdonar los abandonos,
a no desdeñar nada de todo lo que me
conmueva, me deslumbre, me quebrante,
me alegre. Larga vida prometo, larga
paciencia, historias largas. Y nada abreviaré
que deba sucederme: ni la pena ni el éxtasis,
para que cuando sea vieja tenga como
deleite la detallada historia de mis días.

La escritura y la felicidad me fueron enseñadas como una misma cosa. No tengo cómo pagar semejante herencia. Como una misma cosa aprendí las palabras y la fiesta, la conversación y la leyenda, el juego y la sintaxis, la voluntad y la fantasía. Como una misma cosa miro mi historia y la del mundo en que crecí y al que vuelvo sin tregua lo mismo que quien vuelve por agua.

Tal vez nada
sea más seductor que eso
que inventamos para que
luego nos seduzca.

Hay en todo
lo que toco un dejo
de nostalgia que
matiza la euforia a la que
soy propensa. Y los matices
siempre le dan textura
a la tela en que tramamos
las emociones.

No mueren quienes nos enseñaron a imaginar la eternidad.

Sólo los besos y sus prolongaciones son tan placenteros para un conversador como las palabras.

Hay varias novelas en una sola tarde de preguntas breves y respuestas largas enlazándose en el ir y venir del pasado al presente, sueltas de pronto como una serpentina.

La literatura es una locura permitida que te lleva de viaje por otras vidas.

Hay que sobrevivir con regocijo al desvarío en que a veces nos colocan las pasiones que consideramos más irrevocables.

No hay alondras
ni abismos, ni tangos
ni boleros mejor
plantados que los que
uno se encuentra a la
vuelta de su esquina.

Cuando soñamos
despiertos compartimos nuestra fiebre
con otros. Así es como somos capaces
de recordar delirios que no
nos pertenecieron.

Hay cosas en la vida
que son como la lava, algo que nos
alcanza más pronto de lo que imaginamos.

Quiero quedarme
aquí, pasmada, inerme, voluntariosa y ávida,
en el único sitio repleto de imposibles
que me gusta como ningún otro: el de las
palabras.

Siempre que busco
un adjetivo con el que elogiar a quién sea,
doy sin remedio con la palabra *audacia*.
Los audaces cantan más allá de la regadera,
los audaces tienen amores y se consumen
en su fuego, los audaces andan por
la calle a las cuatro de la mañana sin
preguntarse quién los sigue o temblar
por quien pueda encontrarlos. Los audaces
siembran parques, cosechan ilusiones,
son hermosos como luces de bengala, se tiran
del paracaídas, se van a Colombia a jugar
futbol o a Nueva York a desafiar la nieve,
tocar el chelo, subirse al metro a las seis
de la tarde y hacer amigos donde
pocos los tienen.

El que no duda se equivoca dos veces.

A pesar de que hablo mucho de otras épocas, vivo el presente como un enigma diario que me empeño en resolver sin conseguirlo.

Estoy tratando de recordar lo que tenía que recordar, que tenía que recordar, que tenía que recordar, que tenía ¿qué?

Bueno sería poder confiar en que los muertos hacen milagros pasando por un aire que ya no los acaricia.

Preferible encontrar a tiempo la mitad del cielo, que esperar para siempre la gloria de lo que no existiría.

Pienso que olvidar es un arte. Una de las artes más necesarias y mal practicadas que se conocen. Además, como tantas otras artes, olvidares un arte que la humanidad toda practica muchas veces sin darse cuenta. Olvidamos. Para mal y para bien olvidamos.

Tal vez quienes mejor olvidan mejor viven.

Había una luna a medias que desquició para siempre aquella noche los ordenados sentimientos de la tía Inés Aguirre. Una luna aventurera y ardiente riéndose con ella. Y era tan negro el cielo que la rodeaba, que adivinar por qué no pensó Inés en escaparse de aquel embrujo.

Cuarenta años después, cuando empezó a perder la memoria escribió en un cuaderno: «Cada luna es distinta. Cada luna tiene su propia historia. Dichosos quienes pueden olvidar su mejor luna».

Estaba segura de que al morirse no tendría fuerzas para ningún tipo de vida. Mucho menos, la eterna.

Hay veces en que uno despierta con la memoria nítida del último sueño. Una de esas mañanas, cuando abrí los ojos a la luz de mi cuarto en penumbras, me costó reconocer que no estaba yo bajo un crepúsculo, cerca de unos barcos, joven como un pez azul marino, nadando sobre la arena blanca.

Somos lo que oímos y lo que hablamos. Somos nuestras plegarias y nuestro canto. ¿Qué queremos cantar?

Cuando nombran, juzgan, ruegan, las palabras redimen.

La paz es
para los aburridos
—dijo Milagros—.
Ella quiere la dicha,
que es más difícil
y más breve,
pero mejor.

A veces, temo que un día la vida me cobre con dolor su generosidad, pero a diario prefiero más gozarla que temer.

Dice mi hermana que un dolor que trae en el hombro se llama síndrome del acantilado. «¿No será que ése lo traemos todos y a ti te duele en nombre de los demás?», le pregunto.

Con el tiempo volvemos a llorar como niños, por lo que sea. Lloramos con más frecuencia que de jóvenes, pero también con más pudor que nunca. Porque con el tiempo uno aprende a mirarse cuando llora. Y eso lo seca todo.

A los veinte años quería ser escritora, hacerme de un amor eterno, sobrevivir a la muerte de quien me dejó viva, entender la resolución con que vivía mi madre, volverme tan dueña de mí como veía a mi hermana ser dueña de sí misma. Quería encontrar un trabajo que me diera para vivir sin notar que trabajaba, quería aceptar sin más mi cuerpo, mi estatura, mi pasión por la música y el caos, mi terror al deber, mi pánico a perderlo. A los veinte años era una niña tibia que había dejado de serlo.

Quien ha merecido

la dicha puede soportar la desgracia.
Toda emoción santifica.

A veces se quedaba

mirando al infinito como si algo
se le hubiera perdido,
como si el infinito mismo
no le bastara a su anhelo
de absoluto.

Tengo la esperanza

de que el paso voraz y generoso
de los años, aunque no borre
los duelos, nos devolverá
el afán de concordia.

El amor es ambivalente y cada quien tiene derecho a celebrar y honrarlo como mejor le parezca. Lo que antes significó ruptura ahora se enmienda con flexibilidad.

Los culposos tienen una excelente memoria en lo que al recuento de sus faltas se refiere. Y una habilidad impresionante para hacerse de nuevas culpas en cuanto logran olvidar algunas.

Quizá de entre los muchos defectos con que nos maldicen las hadas del mal a las que nadie quiere invitar a su bautizo, uno de los peores es la culpa.

Ateísmo burgués del siglo diecinueve, llamó un sabio a la irreligiosidad en la que imagino vivir. Me siento cómoda en semejante categoría. Hasta cuando me creo moderna, soy anticuada.

A veces me abriga la melancolía como una nostalgia del futuro. ¿Hasta dónde alcanzaremos a ver? Hacia atrás están el Imperio Romano, la cultura maya, las pinturas de Leonardo, las pirámides y tanto de todo lo que cabe en los museos. Hacia atrás están las guerras de otros, el azar de otros y casi todos los libros que admiramos. De atrás podemos elegir a placer sólo eso que placer pueda darnos: Mozart, los Beatles, Rubén Darío. Atrás está Sancho Panza y está la Inquisición, pero uno puede decir con quién se queda. El pasado, con todo y el diluvio, el arca que salvó a las jirafas, las canicas que usaba Demóstenes para entrenar sus discursos, los zapatos con que les encogían los pies a las mujeres japonesas, la hoguera para las brujas, los postres de mi abuela, no depende de nosotros. En cambio en el futuro, eso creemos, hay algo aún unido a nuestro afán. Aunque sólo sea un poco, aunque sólo sea el ansia de verlo tanto tiempo como posible sea.

Nada como las penas
de la juventud vistas de lejos.

Viajar, como dormir
o enamorarse, es un peligro siempre,
y una promesa cada vez.

Hay gente
que se quiere
a tiempo,
a destiempo
y todo
el tiempo.

El novio de Clemencia Ortega

no supo el frasco de locura y pasiones que estaba destapando aquella noche. Lo abrió sin más, pero de ahí para adelante su vida toda se llenó de aquel perfume, de aquel brebaje atroz, de aquel veneno.

Y no les hago el cuento largo, cayó en el berenjenal de quererla y no quererla porque le parecía imposible convivir con su libertad. Conclusión: cada uno hizo su vida como lo creyó conveniente. Veinticinco años y muchos errores después,él fue a buscarla con su equívoco en las manos. Cuando la vio acercarse quiso besar el suelo que pisaba aquella diosa de armonía en que estaba convertida la mujer de treinta y nueve años que era aquella Clemencia.

—He sido un estúpido y se me nota por todas partes.

—Yo no te quise por inteligente —dijo Clemencia con una sonrisa.

—Pero me dejaste de querer por idiota —dijo él.

—Yo nunca he dejado de quererte —dijo Clemencia—. No me gusta desperdiciar. Menos los sentimientos.

—Clemencia —dijo el hombre, temblando de sorpresa—. Después de mí has tenido doce novios.

—A los doce los sigo queriendo —dijo Clemencia desamarrándose el delantal que llevaba sobre el vestido.

—¿Cómo? —dijo el pobre hombre.

—Con todo el escalofrío de mi corazón —contestó Clemencia, acercándose a su exnovio hasta que lo sintió temblar como ella sabía que temblaba.

* • *

Si de todos modos

el amor tiene sus fortunas implacables
y sus duelos como naufragios, nada como
aprender a ser libres para enfrentarlos.

La libertad viene

de la luz que tienen dentro quienes
nacen con ella puesta.

Decidir siempre es abandonar.

Cada quien tiene sus ritos

y pone sus devociones
donde va pudiendo.
Yo tarareo boleros.

¿El arte tiene la obligación de conmoverlos? Yo creo que sí, aunque ya estamos conmovidos por una realidad que todo dice a gritos.

Temer por los otros es peor que temer por uno mismo.

De todo lo que nos pasa, lo más arduo es vivir atestiguando el horror, como quien sabe que llueve o hace frío y contra eso no se puede nada, sino ponerse a salvo.

Era la paz entonces. Cuando íbamos al colegio caminando. Al salir comprábamos un helado y nos deteníamos a platicar sobre nada en mitad de todo. Pasaban los coches de uno en uno y el tiempo era nuestro, como el aire y la certeza de que no había nada que temer.

A veces, si la imperiosa luna trae con ella sus nombres, les pido a mis muertos que aprieten mi corazón, para consolarlo porque no están.

El mundo, por insoportable que parezca un día, recobra al siguiente, quién sabe ni cómo, hasta el último de sus encantos.

Yo no tengo bicicleta, pero ando siempre en una. Y dentro, en la cabeza, me navegan burbujas llenas de ciclistas pequeños, dando guerra, empeñados en subir y bajar saltando obstáculos. No son mis enemigos, andan contentos en sus burbujas divagando minucias mientras pedalean y acompañan las crestas y acantilados del recinto en que viven. Son memoriosos y tienden al optimismo. Aun cuando el mundo a nuestro alrededor se declare desahuciado, ellos recuerdan cosas raras y ayudan a vivir a las neuronas que tanto necesitan de estímulos menos brutales que el diario decir de los diarios.

Cuando mi padre murió, me dejó como herencia una máquina de escribir, una hermosa madre afligida y cuatro hermanos como cuatro milagros. Entonces yo tenía veinte mil dudas, diecinueve años, y un deseo como vértigo de saber cuál sería mi destino. Sin embargo, la curiosidad, una herencia que olvidé mencionar antes, me bastaba como hacienda y me ayudó a vivir varios años en vilo. Es de esos tiempos de donde viene mi certeza de que soy rica.

Dormidos o despiertos, nuestros sueños convierten todas las cosas, incluso las que nos asustan, en entrañables y sagradas. Cualquier acontecimiento es un milagro, cualquier día es santo, cualquier aparición, divina.

Contar historias era, por esos tiempos y en esa casa, una estrategia de sobrevivencia. El que tenía algo que contar podía tener la palabra y convertirse en mago, en relator, en ángel, en tornado, en caballo, en rana, en adivino.

—Sergio —le preguntó mi abuela a su marido—, ¿qué es un orgasmo?

—María Luisa querida, ¿no te lo dijeron las monjas? El orgasmo es un órgano alemán que tocaban los protestantes.

—Mmm —dijo la abuela—. Canasta de sietes. —Y el juego siguió como si nada.

Una tarde fui a ver a la gitana que vivía por el Barrio de la Luz y tenía fama de experta en amores. Había una fila de gente esperando turno. Cuando por fin me tocó pasar, ella se sentó frente a mí y me preguntó qué quería saber. Le dije muy seria: «quiero sentir». Se me quedó mirando. Yo también la miré. Era una mujer gorda y suelta. Por el escote de la blusa se le salía la mitad de unos pechos blancos. Usaba pulseras de colores en los dos brazos y unas arracadas de oro que se columpiaban de sus oídos, rozándole las mejillas.

—Nadie viene aquí a eso —me dijo—. No sea que después tu madre me quiera echar pleito.

—¿Usted tampoco siente? —pregunté.

Por toda respuesta empezó a desvestirse. En un segundo se desamarró la falda, se quitó la blusa y quedó desnuda, porque no usaba calzones, ni fondos, ni sostenes.

—Aquí tenemos una cosita —dijo metiéndose la mano entre las piernas—. Con esa se siente.

Se llama el timbre. Y ha de tener otros nombres. Cuando estés con alguien piensa que en ese lugar queda el centro de tu cuerpo, que de ahí vienen todas las cosas buenas. Piensa que con eso piensas, oyes y miras. Olvídate de que tienes cabeza y brazos. Ponte toda ahí. Vas a ver si no sientes.

Luego se vistió en otro segundo y me empujó hasta la puerta.

—Ya vete. No te cobro porque yo sólo cobro por decir mentiras y lo que te dije es la verdad, por ésta —y beso la cruz que hacía con dos dedos.

Volví a la casa segura de que sabía un secreto que era imposible compartir. Esperé hasta que se apagaran todas las luces y hasta que mis hermanas parecían dormidas sin regreso. Me puse la mano en el timbre y la moví. Todo lo importante estaba ahí. Por ahí se miraba, por ahí se oía, por ahí se pensaba. Yo no tenía cabeza, ni brazos, ni pies, ni ombligo. Las piernas se me pusieron tiesas como si quisieran desprenderse. Y sí, ahí estaba todo.

* * * * *

Ir al paraíso de los juegos privados, con sus alegrías y sus desfalcos, sin miedo y sin culpa, para volver de ahí dueña de mí, de mis pies y mis brazos, mi desafuero y mi cabeza, me lo enseñó el feminismo.

El mejor afrodisíaco es lo prohibido, pero da vértigo.

¿Quién investiga en tus ojos? —dijo él.

Dormía
con la tentación
entre los ojos,
como una santa.

Óyelo bien, niña —le dijo su padre—. Yo soy el único hombre de tu vida que te va a querer sin pedirte algo.

Una cosa es la simple verdad y otra, la verdad verdadera.

Nos pasamos la vida viendo vivir a los demás, mientras hacemos el intento de hallarle los modos a nuestra propia vida.

Nadie entendió por qué ella no se estaba quieta más de cinco minutos. Tenía que moverse porque de otro modo se le encimaban las fantasías.

Adivinar si el tiempo ha empezado a encogerse, si los días se harán horas y el clima conseguirá desaparecer las noches que cada vez son más cortas. Adivinar. Uso este verbo así, en vez de quién sabe, desde que tuve palabras. Dice un poeta que semejante disposición del verbo es juego mío. Adivinar. Yo creo que así se usaba en mi familia, pero a la mejor era en mi ciudad. No sé. Igual y de veras lo inventé. ¿Será porque crecí en un mundo en permanente reconciliación con el azar?

Creo que el alma está en el habla.

Amaneció el domingo iluminado y a mí esos despertares me provocan ocurrencias.

Yo podría ser

una maga, porque mi habilidad para
confundir a los demás no tiene límites.
O prestidigitador, pero de la
lengua para afuera. Ofusco a los
demás mientras platico. Y no
lo hago por gusto sino porque en
alguna parte aprendí que la amabilidad
debía mostrarse con palabras,
un equívoco que una vez convertido
en hábito indiscutible provoca
pequeños pero frecuentes desbarajustes.

Escribiendo en los últimos años he podido sentir a una mujer con la voz de ángel que no tengo, he conseguido enamorarme de diez hombres con toda mi alma, he recuperado al padre que perdí un amanecer.

Hay maravillas que aún espero, y maravillas que no siempre valoro.

No sé si las estrellas
sueñan o deciden
nuestro destino,
creo, sí, que
nuestro destino
es impredecible y
azaroso como los
sueños. Por eso aún
temblamos cada
mañana cuando el
mundo se ilumina
y nos despierta.

Quiero ser buena

como el pan, culta como la sal.

Quiero hacer poesía como si fuera yo cantante y cantar como si yo fuera poeta.

Quiero jugar a que el mundo tiene alas, resuelve crucigramas, bendice los enigmas de quienes se preguntan qué hacer con sus finanzas y sus penas.

Quiero jugar a que el tiempo no se ha ido como arena, a que voy al colegio, ando descalza, no son mentira las tardes en el río. Jugar a que no sé sino este canto, este lamento, esta gana de ser lo que sí soy.

Quiero jugar a que sabía de rimas y poesía. Quiero irme de compras a la luna y encontrarme una tienda en la que vendan voluntad, síntesis, concentración, premura, certidumbres. Todo lo que no tengo para jugar a eso que juegan esos que sí tienen todo eso.

Quiero jugar a que no pasa nada, no pienso nada, nada recuerdo, nada temo y todo me da risa.

Quiero jugar a que me quiso quien no me supo y saber que me quiere quien me sabe.

No quiero jugar al olvido, a ese le tengo miedo.

Antes yo hablaba
con los muertos, ahora ellos me hablan.
Desde un guiño, un ademán o una ironía
de los vivos, oigo hablar a los otros.
Aparecen, contándose.

Lo imprescindible no protesta.

Uno convive
con los escritores muertos
como si estuvieran vivos.
Vienen a nuestra casa
y se instalan a conversar
de todo. Casi siempre
en mitad de la noche.

Si el universo cabe en una biblioteca, ¿por qué no la biblioteca en el universo? ¿Quién necesita una biblioteca si el universo es una biblioteca?

Yo no tengo biblioteca. Tengo libros. En todas partes. No debería decir que los tengo, sino que ahí están. Porque no los colecciono, ni cultivo el fervor de poseerlos. Los voy viendo pasar. Andan conmigo, salen de viaje y a veces vuelven como se fueron: en silencio. O se quedan con alguien más.

Si el alma de nuestra alma va y viene cuando quiere, ¿por qué nuestra alma no puede irse de vacaciones y dejarnos en paz un tiempo?

Mi abuelo
no creía en Dios
y por lo mismo
tampoco lo intimidaba
el diablo.

Yo creo que
el miedo mata más gente
que el valor.

—La gente no reencarna en animales. Uno se muere y ya —declaró Josefa.

—Y ya ¿qué? —preguntó Emilia.

—Y ya quién sabe, hija —le contestó Josefa con una tristeza que puso a temblar a Emilia.

Nadie quiere morirse, y no por esperada la muerte nos violenta y atenaza menos. Vamos a ella como a lo más inusitado.

Olvidamos incluso a los inolvidables, a los mejores, a los más buenos, a quienes más felices nos han hecho. Logramos olvidar para quedarnos con la vida.

Dos frases célebres

tenía mi madre: «La vida es difícil» y «No todo se puede». Sin decírselo ni decírmelo yo he pasado la vida intentado probar la improbabilidad de sus decires. He hecho de todo con tal de que todo se pueda, he puesto cara de que no me duele lo que sí me duele, de que fue muy fácil lo que resultó tan arduo. Una y otra vez he caído de bruces sobre las dos certezas clave de mi madre, sin por eso dejar de empeñarme en que no tenga razón. Pero la tiene.

Aún extraño

a mis padres. A veces me pregunto qué será de ellos, aunque sé que una parte de la respuesta es mía.

Cada memoria es responsable del buen vivir de sus muertos.

Extraño también a mis otros amores que se han ido, me pregunto si alguna vez conseguiré que alguien invoque mi presencia y me reviva, como yo los revivo a ellos, cualquier tarde en que el polvo que fui alborote su imaginación.

El día que murió su padre, la tía Isabel perdió la fe en todo poder extraterreno.

—Qué idea tuya morirte —le dijo a su padre—. No te lo voy a perdonar nunca.

Con el tiempo, supo que la cosa era peor, que esa pena iba a seguirla por la vida con la misma asiduidad con que la seguían sus piernas.

Siguió rogándole que no se muriera mucho tiempo después de haberlo enterrado.

Odio hablar del pasado como algo mejor que se perdió en la nada de un presente baldío. No creo en eso.

Empecé a volverme una mujer que va de las penas a las carcajadas sin ningún trámite, que siempre está esperando que algo le pase, lo que sea, menos las mañanas iguales.

La vida está hecha para desconcertarnos.

Nada me asombra
y me regocija más que los seres humanos. Trato a diario de contar su vida y sus milagros porque imagino que al contarlos conseguiré asir uno que otro de sus deseos y sus contiendas. Sé que imagino mal: la gracia de los demás está en que sabemos de ellos tan poco como conseguiremos saber de nosotros.

Como lo aprendemos
a diario y sin tregua, lo mejor de la vida está tramado con nuestras pasiones. Y para la avidez nuestra de cada mañana, no hay más sustento ni mayor consuelo que esa misma avidez. Es viviendo como saldamos nuestras cuentas y pidiéndole a la vida que nos regale paisajes y pasiones nuevas, sueños que nos hagan creer que alcanzamos el absoluto aunque sea por el breve tiempo en que es posible alcanzarlo.

Oye bien, me dijo el doctor Cesarman: come lo que te haga feliz, habla de lo que te haga feliz, quiere a quien te haga feliz, corre si te hace feliz, no te muevas si eso te hace feliz, fuma si te da tranquilidad, no fumes si fumar te disgusta. No te quites la sal, ni el azúcar, ni el amor, ni la poesía, ni el mar, ni el colesterol, ni los sueños, y quiere a tus amigos y déjalos quererte, y no te opongas a tu destino porque esa enfermedad no la sé curar.

Hay gente con la que la vida se ensaña, gente que no tiene una mala racha sino una continua sucesión de tormentas. Así le pasó a ella, pero nadie se atrevió a compadecerla nunca. ¿De dónde sacaba la fuerza que la mantenía erguida frente a las peores desgracias? Un día le contó su secreto a una mujer joven cuya pena parecía no tener remedio:

—Hay muchas maneras de dividir a los seres humanos —le dijo—. Yo los divido entre los que se arrugan para arriba y los que se arrugan para abajo, y quiero pertenecer a los primeros. Quiero que mi cara de vieja no sea triste, quiero tener las arrugas de la risa y llevármelas conmigo al otro mundo. Quién sabe lo que habrá que enfrentar allá.

A veces voy por la calle cantando una canción y de pronto ahí están, como en un sueño del que no gozan suficiente, un papá y una hija conversando de nada, una hija y un papá haciéndole al futuro un guiño al despedirse, un papá que lleva a su hija a comer fuera, una hija que acaricia la nuca de su padre vivo como un tesoro, un papá y una hija que quizás no saben el lujo que es tenerse, ni mal sueñan el precipicio de perderse. Y ahí los veo y quiero detenerme a contarles su dicha. Como ahora se las cuento a ustedes.

Las cosas tienen voz

aunque uno se resista a creerlo.

Verónica tenía la espalda inquieta y la nuca de porcelana. Tenía un pelo castaño y subversivo, y una lengua despiadada y alegre con la que recorría la vida y milagros de quien se ofreciera.

A la gente le gustaba hablar con ella, porque su voz era como lumbre y sus ojos convertían en palabras precisas los gestos más insignificantes y las historias menos obvias.

No era que inventara maldades sobre los otros, ni que supiera con más precisión los detalles de un chisme. Era sobre todo que descubría la punta de cada maraña, el exacto descuido de Dios que coronaba la fealdad de alguien, la pequeña imprecisión verbal que volvía desagradable un alma cándida. ¿Quién podía querer no hablar con ella?

Los volcanes aparecieron frente a sus ojos mientras el tren llegaba a la estación de Puebla, y desde entonces quiso reverenciarlos. No se atrevió siquiera a preguntarse las razones de su atracción por ellos. Le bastó su imponente belleza para considerarlos cosa sagrada, le bastó saber que ya estaban ahí millones de años antes de que la especie humana llegara al mundo: impávidos y heroicos, insaciables y remotos.

Aquella familia del 1910 forjaba los domingos una quimera audaz: los ángeles nunca bajaron del cielo a trazar las calles de Puebla —la leyenda fue falsa, como siempre—, los ángeles nacían entre esas calles, sólo era cosa de verlos y de irlos educando para su alada y misteriosa profesión.

¿Qué es hacer un libro? ¿Para qué hacer un libro? Los libros son objetos solitarios, sólo se cumplen si otro los abre, sólo existen si hay quien está dispuesto a perderse en ellos. Quienes hacemos libros nunca estamos seguros de que habrá quien le dé sentido a nuestro quehacer. Escribimos un día aterrados y otro dichosos, como quien camina por el borde de un abismo. ¿A quién le importará todo esto? ¿Será que habrá quien llore las muertes que hemos llorado? ¿Habrá quien le tema al deseo, quien lo consienta y lo urja con nosotros? ¿Para qué hacer una novela de costumbres? ¿A quién conmoverá el olor a sopa caliente bajando por las escaleras que sube un aventurero como Daniel Cuenca? ¿Quién apreciará el silencio anticuado y valiente de Antonio Zavala? ¿Valdrá la pena leer diez libros sobre yerbas y menjurjes para encontrar dos nombres que

hagan creíble media página? Menos certeros que los físicos, más empeñados en la magia que los médicos, los escritores trabajamos para soñar con otros, para mejorar nuestro destino, para vivir todas las vidas que no sería posible vivir siendo sólo nosotros. Cumplimos con el deber de inventar un mundo y escribimos para sentir que en algo mejora nuestra realidad si podemos invocar otras realidades, para creer que la vida ha sido difícil y hermosa muchas veces antes de ahora, dentro de seres que jamás hemos visto. Escribimos para recordar que la vida, como es o como podría ser: con su belleza, su barbarie y sus dificultades, está regida por un azar y unas leyes que no tienen remedio. Aunque escribir nos ayude a creer que lo tienen.

* * * * *

Se hizo la noche clarísima y yo aún sigo pensando en las pasiones. ¿Qué haría uno sin pasiones? Yo morirme, porque mi pasión crucial es andar viva. Por eso tengo tan poco sentido de lo que significa perder el tiempo. Mientras por aquí yo ande y mi ventana se abra a la gloria de tres árboles en los que duermen hasta otra luz cientos de pájaros, tendré siempre pasión por soltar el tiempo como quien juega arena entre las manos.

El mar es cosa seria, saben los que viven junto a él. El mar es un amante impredecible: desconoce, abandona, lastima. Pero brilla, acompaña, alimenta. El mar traga, roba, vomita. El mar abraza. El mar es un capricho y quienes lo aman entienden su locura y lo perdonan.

No hay peor castigo que la clara sensación de que uno está soñando con placeres prohibidos.

Ninguna nostalgia mueve lo que un deseo. Y el futuro está en desear.

Tenía tantos líos en el corazón que para ventilarlo dejaba las puertas abiertas y todo el mundo podía meterse a pedirle favores y cariño sin tocar siquiera.

—¿Cómo haces para vivir tan feliz? —le preguntaron a la tía Valeria. Parece como si tuvieras un amante secreto.

—Tengo varios —respondió—. Es fácil. Nada más cierras los ojos —dijo ella sin abrirlos— y haces de tu marido lo que más te apetezca: Pedro Armendáriz o Humphrey Bogart, Manolete o el gobernador, el marido de tu mejor amiga o el mejor amigo de tu marido, el marchante que vende las calabacitas o el millonario protector de un asilo de ancianos. A quien tú quieras, para quererlo de distinto modo. Y no te aburres nunca. El único riesgo es que al final se te noten las nubes en la cara. Pero eso es fácil evitarlo, porque las espantas con las manos y vuelves a besar a tu marido que seguro te quiere como si fueras Ninón Sevilla o Greta Garbo, María Victoria o la adolescente que florece en la casa de junto.

Nadie oye consejos cuando tiene el cuerpo enardecido.

Jurarse amor eterno es tentar al destino.

No hubo aquella noche soledad más grande que la suya.

Enamorarse sigue siendo entrar a un territorio arcaico y mágico que no depende sólo de nuestra voluntad.

Enamorarse es tejer una promesa emparentada con la quimera, es un peligro que los adultos no pueden llevar a cuestas sin torcerse la espalda.

Ella tejió de mil modos su cuerpo con el del extranjero que había querido investigar en sus ojos. Lo mismo en los campanarios, que en las azoteas, en el campo que en la punta de una pirámide se supo de ellos. Hasta que media ciudad empezó a contar historias que arrastraban su reputación y su destino. «A la gente le cuesta trabajo soportar la felicidad ajena», le dijeron. Y si la felicidad viene de lo que parece ser un acuerdo con otro, entonces simplemente no es soportable.

Ella, como Rubén Darío, cuando teme estar triste repite sin culpa: «Plural ha sido la celeste historia de mi corazón».

Tenemos la dicha espantosa de ser queridos como dioses y el infortunio de ser abandonados como cualquiera.

Recuerda mi hermana, en desorden, a Oscar Wilde diciendo que cuando a una mujer le parten el corazón se dedica a repartirlo en pedazos.

Me gusta andar viva. Hay tanto que ver. Hasta con los ojos cerrados, hay todo que ver. No conozco el aburrimiento.

A mí me hubiera gustado ser poeta. Pero soy, como los músicos que cruzaron mi calle, una intérprete de casualidades.

Me gusta cuando el tiempo se estira hasta perderse en un horizonte sin meses.

Todo pierdo, menos lo que encuentro.

Patria: el lugar en que vivimos, al que tememos, que nos fascina. Patria, esta promesa que no acaba de cumplirse.

Yo sé del ahora, pero en sus detalles. Cosas como que en Madrid hay una iglesia con un santo al que sólo se le besa los viernes, como el nombre de las medicinas que toman todos mis bienqueridos, como el agujero en el corazón del que no habla quien lo tiene o el preciso color de la pena que acompaña a una amiga. Sé cuánto cuesta un vidrio de cincuenta por noventa, sé a cómo está el kilo de mangos y cuánto cuesta un bolillo según la panadería en que se compre. Sé en dónde están las mejores papelerías y en cuál estante de mi librero descansa la poesía del Siglo de Oro. Sé, porque la he visto, cómo es la serenidad de los que sobreviven a una desgracia, de los que vuelven a escuchar música y a leer a Julio Verne como si fuera su primera vez.

Lo que sí pasa

es que el tiempo se llena hasta que no le queda un poro. Y cada quien empieza a verse de su edad.

Hay otros mundos afuera de la espiral

que nos perturba. Y muchos de esos mundos tienen dificultades que convierten las nuestras en asuntos menores.

Buena parte de lo
imprescindible está en nuestra cabeza
porque antes nos anduvo en el corazón.

Para mí,
el escepticismo es una fiesta serena.

*De tanto verla
como un don
que nada pide
a cambio, mil
veces olvidamos
rendirle pleitesía.
A la vida.*

No seas miedosa. Siempre es mejor el riesgo que el tedio.

Anda a jugar, que de la muerte sólo sabes lo que inventas.

Cada vez nos cuesta más trabajo entendernos y cada vez hacemos más ruido cuando no nos entendemos.

Cerrar los ojos y ser hombre. Entender cómo piensan, cómo discurren, cómo desean, por qué desean lo que desean. Temer como los hombres, ver a los hijos como los ven los hombres, escribir como un hombre, necesitar como un hombre, callarse como un hombre. Reconocer lo que siente un hombre cuando suma sus fantasías, cuando se asusta con sus desaciertos, cuando se deja arropar y piensa nuestro nombre. Ser un hombre, estar dentro de un hombre, y sentir lo que sienten cuando están dentro de una mujer.

A las nueve de la noche, Amalia llevaba once horas de trabajo de parto. Tenía la palidez de una hoja en blanco y el cansancio la había dejado en un silencio que sólo interrumpía su respiración sin rumbo. Entonces su marido llegó de la oficina con la corbata bien anudada y el cabello en paz. Se le quedó mirando, le puso una mano en la mejilla y dijo:

—No te imaginas qué día tan pesado he tenido.

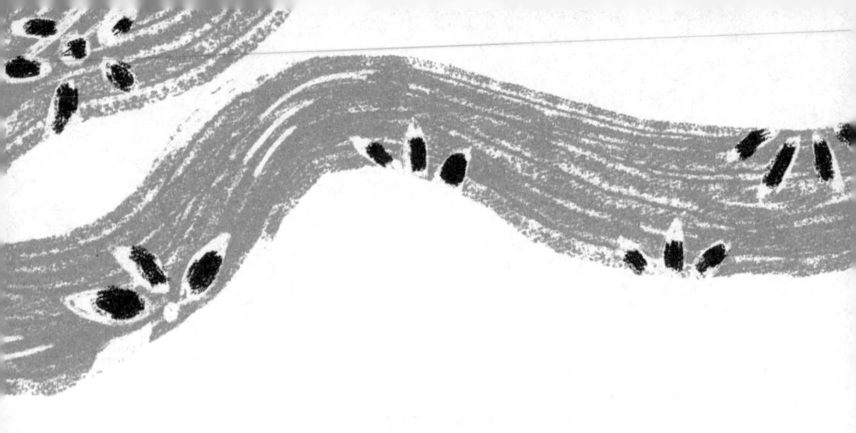

La vida suele ponerles trampas

a quienes mirados desde fuera no pueden ser sino pareja el resto de sus días.

Los hombres son así

desde que nacen —le comentó a su hija Emilia mientras la acomodaba en su cesta—. Quieren todo, pero no lo saben pedir.

Sonreía como una diosa complaciente y lloraba con la misma naturalidad con que otros respiran. En la familia era tan querida como indescifrable, justo por la calidad intensa y compleja de sus emociones. Nadie a su alrededor parecía capaz de permitirse una gama tan ardua de sentimientos desconocidos. Nadie sino ella. Por eso quise yo a la tía Nena como quien quiere lo inaudito, y la quisieron todos como quien cree en lo increíble.

No era piedad, ni lástima, ni pesadumbre lo que daban sus lágrimas. Era una sensación de entereza, de invulnerable lucidez, de sabiduría sin alardes, la que ella toda contagiaba al ir viviendo así, tan a la intemperie y tan a buen resguardo, entre lo inverosímil y catedral.

El amor de toda tu vida es con el que no te casas. Dicen.

Cuando a Cristina le dijeron el precio de un anillo tras el aparador, a ella le pareció correcto y lamentó no ser un hombre para comprarlo en ese instante y luego casarse con quien se le diera la gana.

—Ellos pueden tener el anillo antes que la novia, hasta pueden elegir una novia que le haga juego al anillo. En cambio, nosotras sólo tenemos que esperar. Hay quienes esperan durante toda su vida, y quienes cargan para siempre con un anillo que les disgusta, ¿no crees? —le preguntó a su madre durante la comida.

—Ya no te pelees con los hombres, Cristina —dijo su madre—. ¿Quién va a ver por ti cuando me muera?

—Yo, mamá, no te preocupes. Yo voy a ver por mí.

«Mujer inteligente, mujer imprudente», dicen quienes se creen que no los oímos.

Empezar una guerra es como rasgar una almohada, dijo la abuela, las plumas se desparraman y cada una suelta no hace sino revolotear creando un caos, mientras el trapo que las guardaba no vuelve a servir de nada.

La tontería no viene en gotero, sino en caudales.

La risa cura y el que se cura resuelve.

¡Cuánto se dilata el tiempo cuando uno se pone a no mirarlo! Pasan las horas en un minuto, pero cada día es una aventura como de media vida.

Cuando mi padre regresó de Italia y la guerra, no volvió a mencionarlas. Ni mi madre, que durmió junto a él veinte años, supo del espanto que atenazó su vida y su imaginación desde entonces y para siempre.

Con el tiempo, aceptamos la tristeza de vivir sin los amores que se han ido quedando en el camino. Por eso nos llamamos sobrevivientes.

Quizá una de las más extrañas bendiciones que se digna concedernos la fortuna esté en la tenue luz con que de pronto nos alumbra una ventura esencial. A mí esa luz me mostró en toda su armonía el valor y los talentos de mi madre, una mujer al mismo tiempo tímida y drástica que yo no sabía ver tan excepcional como fue.

Lo mismo que a todos, la juventud la sorprendió inerme. Sólo que ella vivía dentro de un cuerpo de diosa y un corazón avergonzado de habitarlo. Temía las voces que iban hablando de su belleza y si hubiera podido esconderse a maldecirla lo habría hecho mil de las tantas veces en que su madre la contempló orgullosa de su creación y segura de que nada más le haría falta en la vida, cuando podría cruzarla dentro de aquel dechado de virtudes. Tenía las piernas largas y la cintura quebradiza, unos brazos de niña acróbata y una cara como las de los ángeles, dibujada con deleite por el dios de su madre y el azar en que creía su padre.

Con semejantes atributos, la vida cercó su sombra tantas veces como hombres se acercaron a mirarla con la codicia de un abrazo entre los ojos. Decía que la educaron para encontrar en otros el orden de su propia vida, para casarse y resolver sin más la busca del sustento y el destino que cada quien ha de buscar según sus luces. Aun su padre, que la enseñó a esquiar sobre un lago y que gozaba escuchando su sueño de convertirse en bailarina profesional, tenía la certidumbre de que su hija debía buscar la vida cerca de un hombre rico y alto, poderoso y audaz como era necesario que los hombres fueran. Pero a ella no le gustaba el destino sencillo de una mujer que se casa con el éxito de otro. No pudo hacer un sitio en los entresijos de su corazón, que les diera a sus padres el gran gusto de verla bien colocada.

Temía que ese desasosiego fuera a seguirla siempre cuando dio con las palabras y las cartas de un hombre doce años mayor que ella, que volvía de la guerra en Europa con la sonrisa de un héroe lastimado, las bolsas vacías y los ojos oscuros como una promesa de infinito.

Se casó con él, por las buenas razones y las necesarias sinrazones, lo quiso con la lealtad y la enjundia de una reina, le dio cinco hijos, más de veinte años de sueños y una luz que lo mantuvo vivo por tanto tiempo como le fue posible estar junto a ella. Cuando murió, ella sintió que no le había querido suficiente, que más se merecían su mirada y su afán, su inteligencia y sus bondades. Sus hijos la tratamos a veces como si de un llamado suyo hubiera dependido que él no muriera y ella aceptó sin reparo aquel equívoco. Hasta que el tiempo con su dosis de cordura condujo a un nuevo acuerdo a la familia entera: el hombre que muere de una embolia, no abandona, no olvida, no escapa, no se negó a vivir, sólo se muere. Y el abismo de su ausencia puede paliarse algunas tardes de domingo, rindiéndole homenaje a su mejor herencia en el placer de una conversación bienaventurada.

Ella reencontró en alguna de esas conversaciones y en el lujo de su desaforado espíritu el deseo de saber con qué había acompañado a sus hijos desde la primaria hasta cinco universidades. Tenía sesenta años cuando ingresó a la preparatoria, más ávida y febril que ninguno de sus adolescentes compañeros. Y como si tuviera diecisiete, con mucho menos tedio y temor del que enfrentaron sus hijos en las clases de física, estudió los tres años de educación abierta que necesitaba para entrar a la universidad. Después, fresca y ágil pasó cinco acudiendo a estudiar antropología en la Universidad Autónoma de Puebla, hasta que a los setenta años, una mañana de nuestras iluminadas primaveras, acudió con el delirio a cuestas a presentar su examen profesional.

La tesis recoge las vidas, las frustraciones y los sueños de cuatro mujeres que, vistas una por una, son tan excepcionales como frecuentes. Los ojos de la estudiante acudieron a cada uno de sus recovecos y fantasmas, a muchas de sus penas y sinrazones, a cada uno de sus amores y al mucho desamor con que han cargado, regidas por la misma fatalidad con que cargan su corazón y sus cabezas, su vientre embarazado y su pobreza. ¿Objetos de estudio? No lo quiso decir, porque hubiera parecido poco científico, pero jamás se acercó a verlas de ese modo.

El título de la tesis: *Yo lo que quiero es saber*, lo tomó de los labios de una mujer que lamentaba no haber ido a la escuela más allá de segundo de primaria. Y al escucharlo, yo recordé que apenas hacía un año, para ordenar la tesis, mi madre había aprendido a escribir en una computadora con la que ella jamás había podido, porque tenía las letras verdes y el cursor palpitante. «Lo logré», me dijo con el deseo de sorprenderme, pero no consiguió sino afirmar la certeza que me crecía por dentro en los últimos años. Como decía su madre, mi madre era perfecta y para mi placer y regocijo, yo pude aceptar tal certidumbre sin la aflicción que en otros tiempos me acarreaba.

La abuelita se volvió licenciada, la esposa de aquel hombre que latía entre los ceños y los ojos de quienes la abrazaban, estaba radiante como nunca antes la había visto ninguno. Hubo comida y mariachis, amigos de la infancia, testigos de la larga juventud, tarde de sol y pájaros, tres globos de Cantolla lanzados en su honor. Al día siguiente, después del desayuno, volví a abrazarla orgullosa y alegre de tenerla.

—¿Estuviste contenta? —le pregunté. Y ella afirmó moviendo su hermosa cabeza—. Fue el día más feliz de toda mi vida —dijo absolutamente segura de que tenía vida y valor para saber tal contundencia.

* * * *

La más querida de mis muertas es mi madre, sólo que todavía no lo sabe porque no he podido hablarle, se niega a ser fantasma o fantasía, así que sigue siendo la muerte misma metida en mis costillas. Seis meses antes de perderla nos dijeron que lo mismo podía vivir dos que diez días. A veces, cuando estaba durmiendo, imaginé que ya se había ido de su cuerpo el ángel que nos da cuerda por dentro, pero volvía a abrir los ojos que se le fueron haciendo transparentes y pedía agua, o unas calabacitas a fuego lento. No se iría nunca, pensamos, mientras se estaba yendo. Tenía pasión por los árboles, y culto por sus hijos. No se quería morir para no darnos esa pena. Nadie que yo conozca se ha negado con tantas fuerzas a la muerte.

Mi abuela paterna

estaba segura de que la familia de mi madre era demasiado liberal, pero las seguridades de mi abuela paterna no le importaron nunca a nadie.

Sé que el padre de mi padre

era hijo de un Marco Mastretta y de una Carolina Magnani. Ambos nacidos y muertos en Stradella, un pueblo que aún siembra uvas y que un tiempo fabricó los más sofisticados acordeones, por los que se hizo célebre en el mundo. Un pueblo en las colinas frente al río Po, un pueblo ahora rico en el que casi todos eran pobres por ahí del 1895.

A mi familia
le gustaba la
Navidad.
Y el afán por
estas fiestas es algo
que se aprende en
la infancia y del
que no se abomina
más que si uno es
ingrato.

Crecí entre gente que temblaba con los preparativos de una fiesta, que veía los viajes como expediciones y los noviazgos como una duda entre dos templos. ¿Esto que aquí sucede podría volverse eterno?

No es que yo quiera ser presumida, pero tengo puros hermanos genios.

Natalia creció mirando los volcanes, escudriñándolos en las mañanas y en las tardes. Sabía de memoria los pliegues en el pecho de la Mujer Dormida y la desafiante cuesta en que termina el Popocatépetl. Vivió siempre en la tierra oscura y el cielo frío, cocinando dulces a fuego lento y carne escondida bajo los colores de salsas complicadísimas. Comía en platos dibujados, bebía en copas de cristal y pasaba horas sentada frente a la lluvia, oyendo los rezos de su mamá y las historias de su abuelo sobre dragones y caballos con alas. Creía que era feliz. De todos modos, cuando supo del mar quiso ir tras él.

Soñé que el mar entraba por una ventana y se metía al piano. Corrió la espuma entre las teclas y el agua por todas partes. Hacía ruido ese mar, su hermoso ruido. Y junto al piano había una niña mirando; en paz, como si todo le resultara natural. Yo estaba en el sueño con alguien más, creo que un hombre pero no sé quién, sólo que era alguien tan encantado como yo con el espectáculo. La niña no se movía y le tomé una foto con mi teléfono. Tengo el recuerdo vívido de que fui feliz en este sueño. Desperté sin zozobra, sin decepción del mundo, segura de que había estado en un lugar extraordinario del que sólo yo sabría. Raro ese mar que entraba con ardor por la ventana. Traté de contarles a otros la emoción de ese instante. Me han oído, pero no he podido tocarlos con la belleza que sentí: el mar dentro de un cuarto, preso y libre al mismo tiempo, brotando entre el piano, y la niña envuelta en él. Como dibujada: inmutable e intacta.

—Las olas —dije esa tarde durante la puesta de sol, poniéndome filósofa frente a la ironía de mis adolescentes— son como los problemas: a veces uno los libra saltando, a veces hay que hundirse en ellos y tomarlos por abajo para salir bien librado. Y, a veces, es imposible evitarse la revolcada.

—Sí, mamá —dijo Mateo ladeando la sonrisa—, y la vida es muy bonita y nosotros tenemos que estar muy agradecidos con nuestro destino por estas vacaciones de privilegio.

—Y cuando tengamos cuarenta y siete años vamos a recordar esta tarde frente al sol anaranjado como una de las mejores de nuestra existencia —agregó Catalina imitando la voz que uso cuando me ponga profeta. Todos rieron prolongando el escarnio hasta que la media luna de los árabes se encaramó en el cielo junto a su estrella.

«Hemos pisado la luna, que era sólo para soñarla», dijo mi abuelo mirando la noche.

Nosotros no alcanzamos ni a pedir permiso ni a pedir perdón. Enseñamos a los hijos a ser libres y con eso les dimos carga suficiente. Ése fue nuestro modo de augurarles tal cosa como la inexorable felicidad en que confiaron los bisabuelos. Lo demás está en sus manos. Abrigo la esperanza de que hayamos tenido razón.

Cuando mis hijos hablan de cine o de justicia, de amor o de su padre, son como árboles. Extienden sus ramas sobre la mesa en la que tomamos café y cobijan mi contemplación con el tapiz de sus voces vehementes. Entonces flotan, como árboles marinos.

Hay maravillas
que nos estremecen:
la libertad de los veinte
años, la audacia de los
treinta, el desafuero
de los cuarenta, las
ganas de sobrevivir
a los ochenta.
Y maravillas que
añoramos:
Dios y
el arcoíris.

Las madres de ahora, como las de antes, se equivocan. De otro modo, pero tanto como las de antes.

Cuando los niños escuchan, elogian.

Los hijos son como los veleros: nada más les pega el aire y desaparecen.

Con todo y la contundencia de sus enseñanzas, nunca tuvieron mis padres tanta sutoridad moral como la que tienen mis hijos.

No le temo al futuro sino a su brevedad desde mis ojos. No sé si habré de ver la paz, la serena confianza, la fortuna de quienes vivan tras nosotros.

«Papá ¿por qué nos sigue la luna?», le pregunté a los cuatro años, una noche al volver del campo. Nunca he podido recordar qué me respondió, sin embargo recuerdo que su respuesta me dejó en paz.

La llegada del primer hombre a la Luna

¿fue una transmisión en vivo? Creo que sí. Por eso la tía Luisa decía que toda esa faramalla la estaban filmando en un foro de televisión. Pero tal cosa sucedió mucho después. Antes, cuando pusieron al pobre Yuri Gagarin en el espacio, no lo vimos el mero día, pero me recuerdo sentada junto a mi abuelo, que todo lo veía con el asombro de un niño. Aún más, porque se daba cuenta de lo que significaba, yo no. Yo era una niña en la luna. Por eso, cuando el primer hombre llegó ahí, ya lo estaba esperando mi distraída persona.

Lo vi flotar como un dirigible parsimonioso y sentí que venía hacia mí. Dos en la luna, pienso ahora. La única diferencia es que él volvió y yo aquí ando casi siempre: en la luna. Vuelvo a ratos a pisar tierra durante el desayuno, porque en la luna faltan naranjas. Pero muchos días, cuando tomo el té con pan y mantequilla empiezo a despegar otra vez. Me gusta la luna. Y llegué aquí diecinueve años antes que el primer hombre.

* * *

La vida valdrá la pena mientras haya en el mundo seres capaces de hacer magia cuando profesan una pasión.

Es generosa
la vida
cuando envía
lo inaudito
haciéndolo
parecer
natural.

Una cosa se puede asegurar: no hay en el mundo de ahora menos pasión, elocuencia, atrevimiento y heroísmo amoroso del que había hace cien o trescientos años. Aunque quizá se note menos. La engreída razón se empeña en esconderlos para que no dañen la imagen de nuestra prestigiada voluntad modernizadora. Sea por la vida, que siempre va y viene.

Andando por el Amazonas todos somos iguales: las serpientes, los pájaros carpinteros, los delfines rosados, las cigüeñas, los murciélagos y los caimanes. Los turistas, los guías, la gente que en los pequeños pueblos se asoma al borde de sus casas sobre el río. Todos iguales: changos, manatís, pájaros azules o remeros montados en cayucos, todos estamos en el mismo pasmo frente a la misma inconsciente belleza que nos rodea. Lo mismo debería pasar cuando andamos en cualquier otra parte.

Me llaman inconstante, qué más quisiera yo: ser inconstante como la luz. Diversa como las tardes de placer y las de pena. Mutable como los deseos, incierta como los abrazos, altanera y fugaz como la vida. Yo no soy inconstante, qué más quisiera yo.

¿Qué fue de mi alma que ayer andaba queriendo cantar y hoy no quiere ni andar?

Quién lo diría: ella que tanto le temió al desorden, le estaba agradecida como al sol. Hasta en el cuerpo se le notaba la generosidad del caos en que vivía.

—¿Qué te echas en la cara? —le preguntó su hermana, cuando se encontraron en casa de su padre.

—Confusión —le respondió la tía Fernanda, riéndose.

—Ten cuidado con la dosis —dijo su papá, chupando el cigarro como si no tuviera cáncer.

—No siempre dependen de mí —respondió, abrazándolo.

No hay duda de que la lengua tiene alianza con los ojos, por eso hablamos con la mirada, por eso arde la lengua cuando no podemos decir lo que vemos, y arden los ojos cuando nuestra lengua dice por fin las cosas que se ha callado mucho tiempo.

Como si me hiciera falta

darme cuenta de cuán crucial es para mi vida el don del habla, hace unos años, quién sabe por causa de cuál mal hablar, me quedé muda. Y sin decir palabra tuve que tejer las horas de una semana como quien anda a tientas, balbuceando con los dedos sobre las letras del iPad, o apretados al círculo de un lápiz en pos de una caligrafía que mal se entiende. Qué largo puede volverse el tiempo cada vez que nos urge una frase y hay que irla poniendo despacio frente a los ojos de otros, hay que sugerirla con señas o no decirla porque para cuando uno acaba de escribir, la conversación de los otros ya cambió de continente. Sin voz, yo soy otra gente. Sin duda menos feliz. En algunos casos más certera. Durante los nueve días en que no hablé, no perdí ninguno de los muchos objetos que extravío a lo largo de una jornada. Supe siempre en dónde había dejado los lentes, el monedero, el celular, el libro, todo eso que voy perdiendo al paso en que vivo y hablo, para encontrarlo al rato o nunca según el desorden de mis distracciones. Quedó clarísimo que hablar y concentrarme son acciones reñidas. Carísima lección, aprendida del silencio obligado.

***

Como no sea a manera de nostalgia, conducir hacia atrás no está entre mis destrezas. Ha de ser por eso que olvido tanto.

Hay años que no agrietarán nuestro futuro con el recuerdo de un misterio que aún nos duela, tampoco lo estremecerán evocando el inicio de una pasión ingobernable.

A los dieciocho años los amores de un día antes ya son viejos.

Despertaron tocados por el mismo deseo y se buscaron en la oscuridad para exorcizarlo con el ensalmo de sus cuerpos juntos, librándose del mismo precipicio.

No se casaron. De ahí en adelante todo fue la sonrisa de la fortuna mezclada con su carácter conversador y sus ojos igual que dos chispas.

No había juego, ni deseo, ni reclamo que no encontrara contento sobre la cama y los milagros de aquel par de locos. Después de sus amores había tal cosa entre ellos como el sosiego color naranja que sólo alcanzan algunos dioses.

Vivía de pronto

en el caos que deriva de la excitación permanente, en el palabrerío que esconde un miedo enorme, saltando del júbilo a la desdicha con la obsesión enfebrecida de quienes están poseídos por una sola causa. Se preguntaba todo el tiempo cómo había podido pasarle aquello. No podía creer que el recién conocido cuerpo de un hombre que nunca previó la tuviera en ese estado de confusión.

A un cuerpo le caben varias monogamias, pero una es más monogamia que las otras.

Era un hombre extraño entre los hombres, un hombre querible como ningún otro, porque como ningún otro era capaz de comprender la riqueza de alguien que sin remedio y sin pausa tiene fuerzas para dos amores al mismo tiempo.

La vida dura demasiado como para resistirse a sazonar la mejor de las comidas trayendo a la casa un poco de la sal que tiene lo prohibido.

Soñó que se encontraba con la novia de su marido. Y que no la mataba. Siempre había tenido ganas de apretarle el pescuezo aunque fuera un ratito. Ganas de encajarle una piedra de su collar en la tráquea, pero nunca pensó que se la encontraría porque sus mundos quedaban tan lejos que si ella hubiera vivido en Bagdad y no en el barrio vecino, de todos modos hubiera estado más cerca Bagdad. No caminaban las mismas calles a la misma hora, ni buscaban la sombra bajo los mismos árboles, ni el mismo sol les ahuyentaba el frío. Por eso no la mató. Ni siquiera en el sueño.

Cuando al marido

de una y el novio de otra se le atrofió el corazón cansado de ser tan feliz queriéndolas al mismo tiempo, el final las sorprendió a las dos llorando sobre el mismo cadáver. Entre las dos habían velado sus últimos sueños, le habían quitado los harapos al ir y venir de su mirada, habían puesto sosiego en sus manos, palabras de amnistía en sus oídos. Cada una le había dado como último consuelo la certidumbre de que era imposible no querer a la otra.

A veces un rumor de nostalgia le subía desde los pies hasta la frente. Y desde las orejas hasta el ombligo, algo ardiente le iba corriendo bajo la piel hasta que le brotaba un sudor tibio que en lugar de aliviarla la ponía al borde de un ataque de llanto. Todo eso empezó a pasarle cuando un hombre que era dos al mismo tiempo desapareció de su vera como de pronto amaina un temporal.

A muchos
la felicidad
los empalaga.
Y por eso
se van.
Allá ellos.

—Eso es la menopausia —le dijo su hermana tras oírla describir aquella sensación de angustia repentina—. No tiene nada que ver con la pérdida del animal esquizofrénico que se te fue. Por drástica que te parezca la pérdida de un marido, nunca devasta como la pérdida del estradiol.

—Las novelas están llenas de catástrofes —defendió Josefa.

—Entonces no te quejes de la realidad —contestó Milagros.

A veces, cuando un lazo se estrecha de más, en lugar de unir corta lo que amarraba.

Te vas quince años y quieres regresar en dos minutos.

Los que se enamoran y los que emprenden nunca quedan bien.

La más cruel, endemoniada y duradera de las leyes: la ley del desencanto.

Desconfío de los poderosos.
Su afán de prevalecer me parece ocioso,
pueril y ofensivo.

Lo necesario sería
que la gente creíble fuera aquella que
no se siente dueña de la verdad
absoluta, gente que puede cambiar de
opinión, gente vulnerable, con defectos
públicos, con debilidades, gente capaz
de reconocer sus errores. Gente que no
tiene respuestas para todo, que duda en
las mañanas y tiembla algunas noches.

Mi padre tenía
un patriotismo suave y
escarmentado. Así es el mío.
Vivo con esa herencia.

Mi papá nunca nos habló en italiano. He de hacer ese libro en que lo cuente: mi padre, hijo de un emigrante italiano, vivió en Italia veinte años. Cuando volvió se casó con mi madre y tuvo con ella cinco hijos. Nunca nos habló en italiano. ¿Qué querría olvidar? ¿Qué no quería enseñarnos? ¿Qué había en su bien amado lenguaje que sólo quiso para él?

Ya sé que trabajar, ver con cuidado, asir la imaginación son bienes imprescindibles, no sólo para escribir, sino para el sencillo ir por la vida. Pero yo sí creo en las musas. No como un regalo cotidiano, pero sí como un destello.

Hay aquí el deseo repetido de contar el mundo porque sí, para jugar o para interrogarlo. Todo lo que sucede alrededor de quien escribe la sorprende y abisma en un decir que no transige con la desdicha como algo insondable. Andar en la vida es irse de parranda en busca de sus mejores instantes y de cada instante como el atisbo de un milagro.

Escribir es un juego de precario equilibrio entre el valor y soberbia. También entre sus opuestos: el miedo y la humildad. A veces ninguno alcanza para contarlo todo.

Recuerdo entre las gotas de una lluvia de abril, impertinente, mi certeza de que podía ser mío el destino de esa noche, sólo el de ésa en que me urgía encontrar un automóvil, para colarme en él y no mojarme. Le pedía, con el dedo pulgar, a quien pasara por la calle, que me ayudara a ahorrarme la caminata de tres cuadras hasta Reforma, para tomar el Metro e ir de metro en metro hasta mi casa. Y era inocente el mundo porque nunca temí, de aquellos «aventones», sino la posibilidad de que, quien manejaba, resultara un tedioso, sin mayor conversación.

Yo vengo de un tiempo humano, cada vez más remoto, en el que conversar era el don, el privilegio y la costumbre más encomiable.

Si somos como
barcos,¿quiénes son nuestros náufragos?
¿Qué tesoros tiramos
por la borda? ¿Qué milagro
nos mantiene a flote?

¿Deseamos
una voz, la palma
de unas manos,
la punta de unos
dedos? ¿O es que
todo eso nos sedujo
mucho antes de que
imagináramos
el deseo?

Muchas cosas, a veces extraordinarias no sólo por efímeras, tendremos que ir perdiendo sin guardar rencor, sin estropearnos el alma, sin maldecir al tiempo que tanto nos bendice.

Cuando subyuga el presente, el futuro es mañana, no más lejos.

He pasado los años tratando de tenerme compasión, de perdonarme la tarea y el cuadro de honor. He conseguido varios de estos éxitos. Las cosas pueden no hacerse, me digo, pueden los márgenes quedar chuecos y las letras disparejas, puedo estar despeinada mientras trabajo y sentarme sin los dos pies en el suelo, junto uno del otro, derecha la espalda, poniendo los codos en dos líneas perfectas. Puedo tomar agua de horchata a media mañana y hacer pipí sin esperar a la hora del recreo. Puedo no competir por ningún premio, ni vivir con el susto de si el mes que entra me llamarán para el cuadro de honor. Puedo, como en las vacaciones, correr a cualquier lado y echarme en el jardín a ver pasar las nubes. Puedo no entregar la tarea, no forrar los libros, no preocuparme si pierdo los dieces en conducta. Puedo todo eso menos volver al colegio con mi emoción por los libros y mis cuadernos sin estrenar.

Tiempos viví en que la solución a casi toda pena estaba, tranquila y apreciada, en una azucarera.

Me alivia escribir. Me gustó hacerlo con un lápiz a los seis años, con una pluma fuente a los nueve, con un bolígrafo a los doce y en una máquina verde a los catorce. Aún escribo sin ver el teclado, con la memoria que encuentra la interrogación a la derecha y las comillas a la izquierda, como estaban en mi primera máquina. Sólo bajo la cabeza de vez en cuando, como una gallina que busca su maíz.

Cuando el deber me aburre, invento. Por eso me resisto a inventar por deber.

Todo el que sabe adivina que tras el silencio de un ángel siempre hay una historia. O muchas.

Hay veces

en que uno necesita tomar prestado el calor de otros para no sentir frío al pensar en nuestras pérdidas, nuestros deseos, nuestra gana de pasiones intensas, nuestra urgencia de vivir como en la cresta de una ola.

«Es que yo todavía
no me quiero ir de la fiesta», dijo ella una tarde. Larga tarde en que nos abrazamos por última vez.

¿Quiénes seríamos
sin esos atisbos de memoria?
Esos indultos de la amnesia.
Esta irremisible aparición de lo insólito.

Aunque la muerte
aparezca de golpe en nuestras vidas, a cada rato, vivimos creyendo que los nuestros serán vivos eternos.

La memoria es distraída.

Nosotros, aterídos, seguimos caminando cuando mueren quienes más queremos, volvemos a comer, a soñar, a maldecir, a emocionarnos. Increíble traición, pero inevitable, volvemos, incluso, a ser felices.

He pasado la tarde buscando mi cabeza. Tal vez de entre todas las cosas que fui extraviando durante el día, la cabeza fue lo primero que dejé quién sabe dónde.

Hay pérdidas como agujeros, que uno puede rodear cuantas veces quiera, pero nunca evitarse, nunca enmendar.

Para ser estoicos,
silenciosos, discretos cuando nos toma lo inevitable, estamos educados. Lo difícil es dar con el valor de todos los días. Perder el miedo a que se contagien los niños de paperas, a las arrugas junto a la boca, a las preguntas necias, a la propia ignorancia, al trabajo, a las fotos, al desamor. Perder el miedo al supermercado, a las imágenes de la Guerra de las Galaxias, a las librerías, a las multitudes, a los amigos sabios, a las discusiones políticas, a la Calzada Zaragoza, a la verdad, a las mentiras necesarias, al dentista, al cansancio, a la pasión, al teléfono, a la culpa. Perder el miedo a los recuerdos, a los jueces internos, al futuro inasible y vertiginoso.

Hubo un tiempo en el que me gustó visitar los panteones.

En el de Puebla mi hijo aprendió a andar en bicicleta, poco tiempo después de haber ido conmigo y su hermana a cantar un pedazo del Himno Nacional, parados en la piedra que cubría la tumba de mi padre.

No los enseñé a rezar, pero ya que los había llevado hasta ahí me pareció urgente algún tipo de ceremonia, así que les conté que su abuelo era un patriota y cantamos los primeros cuatro versos del himno nacional. Ellos a tientas, yo como si creyera en el más allá. Al final Catalina me preguntó si podía cantar otra cosa. Le dije sí y ella, mientras movía los pies metidos en unos zapatitos rojos, cantó completo *Pimpón es un muñeco*. Hacía un sol de invierno mexicano. Dejamos sobre la piedra un jarro con flores anaranjadas. Y, un rato, mi corazón que, entonces, siempre se quedaba apretado a la ruina de que mis hijos no hubieran conocido a su abuelo. Traje conmigo, para siempre, el recuerdo de los niños brincando sobre su sueño.

El pasado
se recupera en atisbos.
Y trastorna el presente con su aire desconocido
a pesar de cuánto nos ha dicho
la intuición que pudo ser.

Los viejos no deberían morirse,
deberían esperarnos.

Vivimos en un mundo que no quiere pensar en la vejez sino como algo que asusta, en un mundo que quiere el todo o nada, que se empeña en las cremas y los artilugios al tiempo en que nos regatea el derecho al ridículo, al temor, al llanto.

Alguna vez creí que la necesidad de sentirse parte del absoluto iría mermándose con el paso de los años, hasta que todo fuera un sosiego más regido por el desencanto que por la euforia. Por fortuna, me equivoqué. El tiempo que nos aleja de la infancia, de la primera juventud, de lo que suponíamos el perfecto candor, no sólo no devasta la esperanza, sino que la incrementa hasta hacerla febril, hasta en verdad perfeccionar la inocencia haciéndola invulnerable.

Perdemos dos infancias: la nuestra y la de nuestros hijos.

Hay presencias que nos marcan, que nos cambian, que nos mejoran.

Su madre creía en el dios de los cristianos con la misma fe con que hubiera creído en el de los chinos, si china hubiera sido y no asturiana.

Me asusta más la muerte de los otros que la mía. Porque en la mía no voy a estar.

Con todo, yo tengo mi fe. Creo en Elizabeth Bennet, en Úrsula Iguarán, en Isaak Dinesen. Creo en la Maga. Creo en todas las mujeres de mi familia. Creo en los trabajadores obsesivos. Creo en los escépticos. Creo en los misterios del fondo del mar, en el cine, en la poesía del Siglo de Oro y en la del siglo veinte. Creo en la memoria, en la escuela primaria, en el amor de los quince años y en el sexo de los cincuenta. Creo en Mozart. Creo en el arte barroco, las jacarandas, la magia y los rascacielos. Creo en las historias de mi hermana. Creo en el caldo de frijoles y el arroz blanco, creo en el horizonte y en mis nietos y en su abuelo. Creo que tenemos remedio, creo en los lápices del número dos, en la punta de las plumas Mont Blanc. Creo en la duda de los médicos, en el perro volando que vio doña Emma en un ciclón, en la frente lúcida y la nariz perfecta de la mujer que fue mi madre. Creo en el diccionario de la RAE. Creo en el piano de Rosario, en los desvelos de Mateo y en las películas de Catalina. Creo, ingenua yo, en que les irá mal a los malos. Creo en la luz de mi IPhone, en la cocina de mi abuela, en la esperanza de quienes, a pesar del miedo, siguen viviendo en México. Creo en el correo electrónico, en las orquídeas y los zapatos cómodos. Les rezo a las puestas de sol, a la vitamina B12 y a las fotos de mis antepasados. Comulgo con quienes saben conversar, oigo misa en las sobremesas de mi casa. Creo en la madre naturaleza y en la mayoría de los seres humanos. Soy una atea con varios dioses.

❋❋❋

—*Ya entiendo* por qué ustedes no le rezan a ningún dios —les dijo a sus padres al poco tiempo.

—¿Ya? —le preguntó Josefa levantando la cabeza, que había perdido entre los hilos con los que bordaba una servilleta.

—De todos modos no conceden nada —dijo Emilia.

—La única que concede cosas es la vida —intervino Diego tras las hojas abiertas de su cuarto periódico del día—. Y es generosa. Muchas veces concede lo que no se le pide. Pero nunca nos basta.

—A mí me ha bastado —confesó Josefa.

—A ti porque naciste con luna llena —le dijo Diego.

—¿Yo con qué nací? —preguntó Emilia.

—Tú naciste con luz eléctrica —contestó su padre—. Quién sabe cuántas cosas vas a querer de la vida.

Ese deseo de lo imposible se pierde con los años. Sin embargo, lo que deseamos con fuerza en la niñez, aún nos golpea de pronto con el placer de encontrarlo.

Niña, yo te deseo la locura,

el valor, los anhelos, la impaciencia. Te deseo la fortuna de los amores y el delirio de la soledad. Te deseo el gusto por los cometas, por el agua y los hombres. Te deseo la inteligencia y el ingenio. Te deseo una mirada curiosa, una nariz con memoria, una boca que sonría y maldiga con precisión divina, unas piernas que no envejezcan, un llanto que te devuelva la entereza. Te deseo el sentido del tiempo que tienen las estrellas, el temple de las hormigas, la duda de los templos. Te deseo la fe en los augurios, en la voz de los muertos, en la boca de los aventureros, en la paz de los hombres que olvidan su destino, en la fuerza de tus recuerdos y en el futuro como la promesa donde cabe todo lo que aún no te sucede. Amén.

Uno puede recontar sus momentos de felicidad, aunque no siempre pueda explicarlos y no a todos les resulten deseables. Quien se apasiona por el mar es feliz de sólo verlo, quien lo teme o le parece prescindible pasa frente a la orilla de su prodigio sin conmoverse. Quien juega a la lotería goza con el atisbo de un premio. Quien siente que su vida está signada por el azar vive jugando a la lotería y, entreverada con la diaria existencia, se va encontrando la felicidad. A cualquier hora, como una gota de agua: en el aire o al fondo de un abismo.

Más constante que el ángel de la guarda, mi casa de la infancia aún viene conmigo a todas partes.

La verdad es que uno escribe novelas para que le sucedan las cosas que sueña, no para contar las que vive.

—Parecen eternos —dijo tras una hora de contemplar los volcanes en silencio.

—Son lo más cercano a la eternidad que conocemos —dijo Prudencia—. Ni tus lágrimas van a durar tanto.

—Ni mis lágrimas —aceptó Isabel. Había dejado de llorar hacía una hora—. Espero que ningún desamor sea tan largo. Pero mi breve paso por el cielo, ese sí que duró tantísimo. Tengo a estos volcanes de testigos. Ninguna eternidad como la mía.

Nuestra noción del amor imposible sería distinta sin Ingrid Bergman y Humphrey Bogart abandonándose en *Casablanca*.

Se enamoró de un hombre inasible y atractivo como su música preferida, a la que él atribuía un sinnúmero de virtudes. Y la principal: llamarse y ser inconclusa.

—En realidad —le dijo él al poco tiempo de conocerla—, los finales son indignos del arte. Las obras de arte son siempre inconclusas. Quienes las hacen, no están seguros nunca de que las han terminado. Sucede lo mismo con las mejores cosas de la vida.

Como puede imaginarse, el hombre era un pedante de mucho cuidado.

Invoco la memoria de mis amores imposibles y, como nunca, me creo que alguna vez fueron posibles.

Tenía veneración por la mujer que cruzaba su vida como una luz que si fuera permanente terminaría por cegarlo, por el amor que le guardaba entre sus brazos, indeleble y curioso como sólo son los amores al principio, y nada le daba más pánico que la idea de que ese cuerpo lo saciara alguna vez, hasta volverse indeseable.

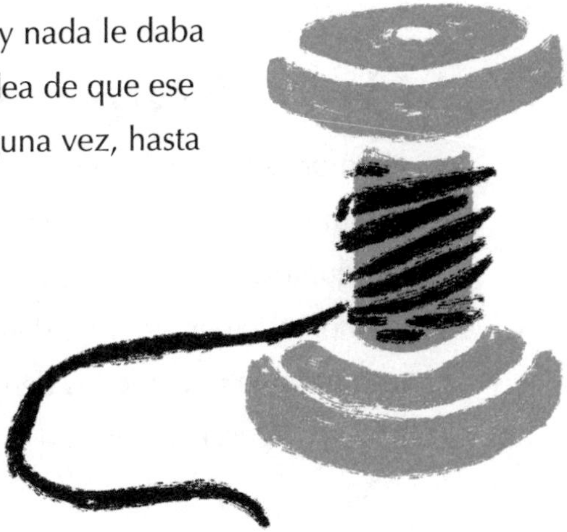

Es más sospechoso un silencio que un enojo a gritos.

Según la terapeuta se nos dan las relaciones disfuncionales, pero ¿qué saben las terapeutas?, lo mismo que antes sabían los curas. Nada. A veces oír. Disfuncionales somos todos.

Cada historia de amor es tan excluyente de las otras que no tiene nada de rara la certidumbre de los que, cuando se enamoran, creen estar fundando un sentimiento al que los demás no tendrán acceso nunca.

Cuando los hombres inventan irse de repente, cuando pasan sin aviso de la adoración al desapego, es cuando ven a su mujer más crecida de lo que soportan.

«No hay mujer, por perversa que haya sido, que no se merezca varios años de viudez», dijo para sí repitiendo la sentencia de una señora célebre porque se declaró viuda el mismo día en que su marido dejó la ciudad para seguir a una cantante italiana.

A veces pensé que la vejez podría ser como las vacaciones, una época en la que uno se sienta con derecho a hacer lo que se le pegue su gana. Dormir hasta las once del domingo. Perder la sensación de que nos vienen persiguiendo, quién sabe quién: una sombra, un deseo, un desconsuelo. Dedicar la vida simplemente a estar en ella, con la intensa conciencia de que aún nos pertenece y aún pertenecemos a su latido extraño y arbitrario.

De nueve a tres

escribí muchos años. Ahora escribo
casi siempre en las noches.
En el día pierdo el tiempo,
y mientras no lo encuentre,
escribir no será sino este
lento divagar de las noches,
este no conseguir lo que
más me gusta de todo
este oficio: la precisión.
Porque sólo la precisión
conmueve y sólo conmover
importa. Si algo debe
sentirse, conseguir que se
sienta. Si algo debe verse de
cerca, que podamos tocarlo. Si
un perro ha de seguir a un hombre,
que mueva la cola, y que quien lee,
siga el vaivén de esa alegría.

¿Por qué no hemos conseguido cerrar el abismo que existe entre vivir y pensar la vida?

No es deber de escritores ser profeta. Los profetas adivinan el futuro, yo he andado una parte de la vida tratando de adivinar el pasado. Escribo libros que intentan la profecía al revés, y no sólo me cuesta trabajo hablar del futuro, sino incluso indagar en el presente. Por eso recuerdo los detalles más impensables y olvido los más preclaros.

Han de saber ustedes que yo gusto de perder el tiempo. De ahí que lo deje ir entre conversaciones, dichas y quebrantos, como si me sobrara. ¿Será porque hubo años en que viví de prisa que, ahora, aunque me queden menos estaciones, las despilfarro más? Tuve muchos lustros de andar carrereada. Me río de mí cuando recuerdo cómo me apretaban las horas entonces. A dónde vas tan corriendo, decían mis zapatos, si todo ha de llegar.

Yo sé cuándo hay luna llena aunque la noche esté nublada, y sé por qué sale temprano a veces y muy tarde otras. No lo sé por astrónoma, sino por lunática. Del mismo modo en que no sé un ápice de ecosistemas, pero me angustia no mirar el horizonte para reconocer en cuál habito. Igual que me pasmo bajo las estrellas y deliro de furia porque aquí no se ven. Miro el tiempo alargarse entre las nubes, dicen que no existe. Bien lo creo.

Bendita amnesia que me dejas vivir, y al tiempo, casi siempre, en un hueco de silencio abierto al día, mandas algún ensueño.

¿Cuántas veces cierra uno los ojos para no ver y cuántas para ver mejor?

Pasa el tiempo con tanta vehemencia sobre nuestro mundo que de pronto parece como si nos lo arrebatara.

Arrebatada, repentina, inevitable, la felicidad cruza dejándonos el silencio como hacen los ángeles y las luciérnagas.

La paciencia es un arte, decía mi abuelo. Apréndanla que premia siempre.

La literatura ha puesto juntos más ladrillos, ha colgado del cielo más balcones y abierto sobre el agua más puertas y más puertos que la incansable arquitectura.

Nada como dar guerra para encontrar la paz.

Hay quien sale de un mundo y sin respiro puede cambiarse a otro.

Ya se sabe que el mundo nuestro abunda en horrores, pero también es cierto que si seguimos vivos es porque sabemos que no le faltan maravillas, y que muchas de ellas está en nosotros tratar de alcanzarlas. Me lo digo aunque suene inocente y parezca que lo único que me importa es negar el espanto. Me lo digo, porque creo de verdad que el impulso que nos mueve a vivir está en esa búsqueda con mucha más intensidad que en el miedo.

Tenía su libertad como pasión primera y su arrojo como vicio mejor.

Hace tiempo que
no oigo cantar
a las ranas. El
volcán enciende
su fuego diario y
no puedo mirarlo.
El mundo que
no atestiguo está
vivo sin mí, para
pesar mío.

La máquina me subraya «tristear»,

no acepta la existencia de semejante verbo. ¿Cómo no me consultaron antes de hacer el diccionario? Tristear es una actitud irracional, sin duda, un estado del alma que no necesariamente es estar entristecido, es que la tristeza se meta en nosotros sin causa aparente y se ponga a conjugar su actividad sin nuestro permiso. Tristear es sentir el ocio como una maldición y, sin embargo, saberse incapaz de hacer algo útil, tristear es tener hambre acabando de comer, es urgencia de una comedia musical, de un clásico que ya hayamos visto pero que desearíamos no conocer para enfrentarlo con la inocencia de la primera vez. Tristear es extrañar a nuestros muertos sabiendo que no vendrán porque los invoquemos. Tristear es como caminar al revés, como tener las rodillas mirándose una a la otra, como hacer el bizco, como no encontrar el tono de una canción. Tristear es no acordarse del nombre de alguien a quien querríamos ver. Tristear es sentirse solo sabiendo que está uno acompañado. Tristear es no atreverse a decir «tristeza».

* * *

Hay muertos que a veces se detienen en el aire y desde ahí convocan un puño de diamantes.

Ahora ya olvido lo que me contaron antier y me devasta la velocidad con que se empaña el orden de las cosas que mi hermana me cuenta como quien desprende las semillas de una granada.

Con los años, la fiebre de vivir tiende a volverse apacible, y aunque nos mueva el diario azar, nos emocionen las cosas que parecen triviales y encontremos placer en el coloquio del pan con el desayuno, de repente los días se confunden entre sí y nos confunden; porque muchas veces, a pesar del torbellino, se parecen.

Cada quien su temblor y su historia. Cada uno su diluvio y su fe. Cada quien su esperanza y sus miedos. Su reticencia y su tormenta. Su ambición de entender, su desconfianza. Cada quien su alegría y su mirada. Su pena y su espera. Sus deseos y su ahínco. Cada quien su relato.

¿Quién no ambiciona alguna tarde la calidez como el mejor de los hechizos?

Tal vez el insomnio esté asociado con esta destreza para el buen perder. Se pierde el sueño como tantas cosas perdemos sin saber cómo.

Algo hay en la lluvia que agranda las emociones.

Quien aprende a estar solo aprende a saber lo que quiere.

Irse de un sitio entrañable, dejar un paisaje que nos conmueve y arrebata, sin saber cuándo podremos verlo de nuevo, si volverá a existir para nosotros, nos estremece sin remedio como un atisbo de la muerte.

Escribir es un modo de jugar a las adivinanzas. De adivinar, adivinando.

Anda en vilo nuestro paso porque la tierra se siente más dispareja que nunca. De un día para otro el desorden cambia de rumbo y cada nueva noticia embiste a la anterior aun cuando cada rara dicha enmienda un agujero que dejó el día de ayer.

La inteligencia descorazonada es peligrosa.

En la democracia, a nadie le gusta aceptar que gane su contrincante, pero justo en la aceptación sencilla de tal disgusto, está la esencia del tesoro.

Mentira que podemos andar con el «no me doy cuenta de en qué país vivo», ni sé quiénes son estos, ni me tocan cerca, ni pasan por mi rumbo. Mentira también que es fácil vivir sin miedo. Con esta naturalidad para aceptar que no hay remedio.

¿Para qué la experiencia? Esta loza que aconseja a quien no quiere oírla. Este recelo que hace alarde de sabio. Este no temblar, este delirio aburrido.

Nunca falta quien conoce la piedad antes que el miedo.

Hay gente a quien la vida dota de más. Con la misma arbitrariedad, incomprensible, con que a unos les niega la virtud, a otros los carga de talentos.

Tenemos amigos

con los que dirimir el futuro
puede volverse un pleito.
¿Qué nos une por sobre todo?, me
pregunté mientras asistía a una discusión
entre ideas opuestas. El humor y
la memoria, pensé.

Cada quien encuentra los ensalmos necesarios para arraigar en sí mismo el empeño de seguir con la vida.

¿Quién no odia las contraseñas? Lo sé, hay asuntos mucho más serios. Problemas tiene el país, tiene la Tierra, tienen también el cielo y hasta el mar cuando no cabe en sí mismo. Menos la divina providencia, a la que algunos llamamos azar y otros destino, todo el mundo tiene un acertijo al que buscarle remedio cada mañana. Por eso es que maldigo a las contraseñas. Porque olvidarlas es una contradicción menor que impide concentrarse en lo esencial.

Despierto. Nunca de golpe. Voy sintiendo la vida entrar, como si oyera de lejos una canción acercándose.

Los viejos se permiten audacias de las que no eran capaces cuando el mundo los tenía como ejemplo de intrepidez y reciedumbre.

En mi niñez la felicidad era un deber y el deber una pura elección del bien sobre el mal, de lo bello sobre lo doloroso, de la fortaleza sobre la queja.

Mi abuela murió hace más de sesenta años, y su mantel está nuevo y almidonado como el primer día. Así es la ingrata sobrevivencia de las cosas.

Sobre un lienzo pequeño, una mujer cuerda bordó en el manicomio: «No arruines el presente lamentándote por el pasado ni preocupándote por el futuro».

¿Qué sería de nosotros sin el olvido? ¿En dónde guardaríamos las emociones que apenas ahora nos deslumbran?

No hay nunca que valga, y como decía tía Luisa, cielo hay para todos, hasta para los leones debe haber un cielo. Por eso nos atrapa la seducción. Porque, ¿qué es la bendita seducción, sino el sueño de que hay tal cosa como el cielo?

La tía Daniela se enamoró como se enamoran siempre las mujeres inteligentes: como una idiota.

Ahora que las normas sociales son aparentemente más flexibles, el amor además de los varios trabajos que pide, se da el lujo de estar lleno de preguntas.

Nadie puede juzgar con tino los entresijos de una pareja si no está dentro de ella.

Siempre me río
en las bodas. Sé que tanta faramalla acabará en el cansancio de todos los días durmiendo y amaneciendo con la misma barriga junto. Pero la música y el desfile señoreados por la novia todavía me dan más envidia que risa, dijo Catalina Ascencio.

Aunque sigan vivos, con los muertos hay que terminar las historias. O no se terminan nunca.

—¿Por qué peleas, abuela? ¿Por qué no te has muerto? ¿Quieres tu relicario? ¿Quieres cambiar la herencia? ¿Qué pendientes tienes? —le preguntó.

La vieja movió una de sus manos para pedirle que se acercara y la nieta juntó un oído a su boca trastabillante.

—¿Qué te pasa? —le preguntó, acariciándola.

Ella se dejó estar así por un rato, sintiendo la mano de su nieta ir y venir por su cabeza, su mejilla, sus hombros. Por fin dijo con su voz en trozos:

—No quiero que me entierren con tu abuelo.

Nunca tuvo más frío que cuando imaginó aquel frío.

Cuando alguien no se quiere, es muy mala compañía.

Cuando se muera me he de dar el lujo de ir a su tumba y no llorar. Tengo la paz, ya no quiero la magia.

A veces, la vida nos reta con el fin de saber si tendremos la fortaleza necesaria para recibir su generosidad con sencillez.

Estaba la situación de la tía Mariana como para vivir agradecida y feliz todos los días de su vida. Y nunca hubiera sido de otro modo si, como sólo ella sabía, no se le hubiera cruzado la inmensa pena de avizorar la dicha. Sólo a ella le podía haber ocurrido semejante idiotez. Tan en paz que se había propuesto vivir, ¿por qué tuvo que dejarse cruzar por la guerra? Nunca acabaría de arrepentirse, como si uno pudiera arrepentirse de lo que no elige. Porque la verdad es que a ella el torbellino se le metió hasta el fondo como entran por toda la casa los olores que salen de la cocina, como la imprevisible punzada con que aparece y se queda un dolor de muela. Y se enamoró.

La fidelidad es una virtud canina, decía el poeta. Yo soy leal.

Cuando se despidió de su madre no llevaba más equipajes que el futuro y la temprana certidumbre de que el más cabal de los hombres tiene un tornillo flojo.

«Tú y tu corazón son más cuerdos y más implacables que el tiempo», le dijo una abuela a su nieta.

La tía Leonor tenía el ombligo más perfecto que se haya visto. Un pequeño punto hundido justo en la mitad de su vientre planísimo. Tenía una espalda pecosa y unas caderas redondas y firmes, como los jarros en que tomaba agua cuando niña. Tenía los hombros suavemente alzados, caminaba despacio, como sobre un alambre. Quienes las vieron cuentan que sus piernas eran largas y doradas, que el vello de su pubis era un mechón rojizo y altanero, que fue imposible mirarle la cintura sin desearla entera.

Me gusta invocar las tardes de lluvia frente a los volcanes, tengo nostalgia de la vida que transcurre como una conversación entre amigos: lenta, sin destino preciso, sin ansia de predominio, sin demasiadas ideas en litigio, con la certeza de que cada palabra, cada cosa que pasa entre ellos importa y no es prescindible.

Hay épocas que nos llevan a la infancia. Y meses en que la juventud, o su memoria, toman todos los días y nos alzan en vilo. Abril me lleva sin remilgo a cuando aún estaban vivos mis primeros muertos y su presencia —como la eternidad— era un cobijo imposible de apreciar.

Pasó noviembre con sus flores moradas y diciembre, con su ruido de nueces, sin que una copa devastara el conjuro. Pasó enero y su cuesta; febrero y sus afanes; marzo, igual que una almendra; abril, que en cualquier parte del planeta es, como octubre, el mejor de los meses. En ningún otro tiempo quiso ella a su marido lo mismo que a su amante, y nunca le supo tan amarga la mezcla. Quizás hubiera sido inequívoco tener un solo amor, un solo marido, una fidelidad sin quebrantos, pero a ella le había tocado el otro privilegio.

Su madre sabía que no era la protagonista de esa historia y se limitaba a ser una presencia llena de consejos acertados y aún más acertados silencios.

Antes de que empezara la pelea, ellos abandonaron la fiesta para irse en busca de una derrota que habían dejado pendiente hacía doce años. La encontraron. Y se hicieron viejos yendo a buscarla cada vez que la vida se angostaba.

La gente siempre irá y vendrá como le parezca. Tú quédate contigo. Verás que viene mejor de lo que se va.

No es posible andar feliz, en vilo, abrazados, abrasándonos todo el tiempo, pero se puede ser alegre. Eso sí, todo el tiempo.

Se burlaba del mundo, y entre las cosas importantes que le debo a la vida está el haberme cruzado con la prosa de su boca y la poesía de su corazón incansable.

Cuando se despedían, ella estaba segura de que no querría volver a verlo. Luego volvía a su casa iluminada, iluminada se metía en la cama, y todo, hasta el deseo de su marido, se iluminaba con ella.
—Es que el cariño no se gasta —pensaba— ¿Quién habrá inventado que se gasta el cariño?

Cada uno tenía otra casa y otro mundo y cada uno sabía que el mundo entero podía también estar en otra parte.

Los dos de sólo verse descubrieron el tamaño de su valor y la calidad de sus manías, dieron todo eso por sabido y entraron a contarse lo que habían hecho con sus miedos.

No se busca la felicidad, se encuentra. Aparece cuando menos la esperábamos y es huidiza, quebrantable, embaucadora. Como la luz de las mañanas, como el ruido del mar, como el amor desordenado, las hojas de los árboles o el azul de los volcanes.

Los dos tuvieron un pleito infernal antes de que pasaran tres días de luna de miel. Y los dos aprendieron que tras la pena de apariencia fatal que tiene cada pleito, llegan horas de gloria y frases de intimidad que le dan al patético carácter de irreversible que tiene el acuerdo conyugal, la sensación de que no se puede haber hecho mejor pacto en la vida.

—Ponte de mi lado

—pidió su hermana.

—Estoy de tu lado. Lo que no sé es de qué lado estamos —respondió ella.

Los pies son como el alma,

se notan en la cara. Y andar sobre ellos cuando duelen puede poner en el gesto un enigma del todo indescifrable. Así que la noche aquella en que Inés tuvo el gusto de encontrar a su segundo marido, vio en él antes que un saludo una pregunta: ¿qué le pasa a esta mujer?

Siempre me fascina
saber que el mundo al
que amamos está vivo,
continúa siendo bello
cuando no lo atestiguo.
Así, como lo he visto
ahora, lo imagino
cuando lo tengo lejos.
Sin embargo, nunca
es igual el sol yéndose
tras el horizonte.

Qué lugar para reconocerse, para temer, para esperar las alas y el valor: Venecia. ¿De dónde sacará fuerzas un sitio tan estrecho, tan construido adrede como para cercarnos, tan falto de horizonte, para ser promisorio y ambiguo como el mar? ¿En cuál de sus ventanas, en qué ángulo estrecho, entre qué puerta y qué puerta estará este deseo de quedarse ahí que tantos han sentido antes que yo?

Me había preguntado tantas veces ¿cómo vivía la gente en México mientras la guerra se comía a Europa pocos años antes de que yo naciera? Ahora empiezo a sentir que lo sé. La gente vivía.

Se enamoraba, tenía pasiones equivocadas, iba al trabajo, se desenamoraba, hacía hijos, los veía crecer, recorría un lago en velero, se metía al mar, contemplaba las montañas, tenía misericordia de sí misma y en un hueco de su índole sentía pena por los otros, mientras trataba de olvidarlos. Vivía sin más, como vivimos ahora nosotros. Hablamos de la guerra, le tememos, nos espanta, la espantamos. Hacemos el día y a la mañana siguiente volvemos cada uno al ritual con que empieza su jornada, mientras pueda empezarla.

Mi mamá era sosegada

y metódica como el avemaría. Ahorrativa y cavilante, apasionada y contumaz. Éramos cinco hermanos y no íbamos todos a sus compras y quehaceres. Cuando yo conseguía colarme a una de sus expediciones por el centro de la ciudad, terminábamos el recorrido en una mercería oscura y diminuta por cuyas paredes se acomodaban sin espacio ni tregua toda clase de pequeños tesoros. Se llamaba La Violeta, sus dueños vendían hilos y botones, alfileres y pasadores, listones, broches y juguetes de a peso. No sabía mi madre, no sé si lo dije alguna vez, la feria de emociones que era entrar de su mano a La Violeta.

Los juguetes de los hijos, como los sueños, nos permiten volar sin lastimarnos, tocar sin temer el rechazo, imaginar sin desencanto, conmovernos sin rubor. Y no hay edad que no los necesite, ni mujer ni hombre que pueda abandonarlos.

Como las noches con estrellas, como el enloquecido tránsito en la Ciudad de México, como el vértigo de cada encuentro, como la llegada de una garza gris al lago de arriba, como los chocolates belgas y las tortillas recién salidas del comal, como las cascadas y los atardeceres, como la intrépida memoria: las lágrimas no piden explicación, se explican solas.

Llevaba dos semanas en la dieta más negra de cuantas se me ocurrieron. Había perdido seis kilos en doce días. Corrí a la ventanilla de cambios, pero aún no llegaba a cambiar el boleto cuando el autobús arrancó sin mí. La terminal del ADO estaba a una calle del entonces cochambroso Monumento a la Revolución. Era una sala que recuerdo pequeña, porque siempre había multitudes cruzándola, con un piso de granito que alguna vez habrá sido blanco pero que siempre estaba tan gris, con el ir y venir de cien mil pasos diarios, que daba miedo mirarlo. Aun así, cuando vi desaparecer el autobús que se fue con mi equipaje dentro, dejándome en el despoblado de un fin de semana sin más destino que el de seguir en el hambre de una dieta imbécil, me senté en ese suelo a llorar como si hubiera perdido una patria. Comiendo tan poco había conseguido desordenar tanto mi ánimo que ya no sentía hambre. Nada más una desolación propia de la orfandad. Y lloraba como sólo se lloraba ahí, sin que a nadie le importara en lo más mínimo.

Casi cualquiera de nosotros ha tenido al menos un buen maestro del don de llanto, aunque a diario traicionemos sus enseñanzas para complacer al buen gusto y al arte de fingir fortaleza. Como si hubiera más valor en suicidarse que en seguir vivo, como si los que creen que se han acostumbrado al ruido no estuvieran en realidad quedándose de a poco en la sordera.

¿Por qué a veces es más inevitable la entereza frente a lo inevitable que las lágrimas al evocar lo sencillo?

Pasa el tiempo y levanta nuestro arrojo. No hay que temer al ahora aunque dé miedo. Es mucho lo que pasa que no es malo. Bien nos perdonarán las horas.

A pesar de la mala fama que en los últimos tiempos tenemos los humanos, lo cierto es que en el mundo hay gente buena. Más de la que imaginamos, pero escondida como parte de la sencillez que atañe siempre a la bondad.

La felicidad suele ser argüendera, egocéntrica, escandalosa. Su hermana, la dúctil alegría, es menos imprevista pero más compañera, menos alborotada pero también menos excéntrica. Y está en nosotros buscarla y en nuestro ánimo el hallazgo y no sólo el afán.

Brillando en una maceta, encontré un trébol de cuatro hojas. Estaba ahí, con la cabeza levantada entre los demás. Dicen que por cada trébol de cuatro hojas hay diez mil de tres. De ahí viene la leyenda que los considera de buena suerte. Lo corté antes de que lo rompiera la lluvia y lo puse entre dos cristales. Más para tenerlo que para esperar una mejora en mi fortuna. Ya vivo agradecida con tanto bueno. Sólo me lastima la muerte, y contra ella no hay trébol que pueda.

Nada puede ser más atractivo que poseer un objeto inocente, convertido por la magia de la prohibición en el tesoro más cuidado del mundo.

¿Qué es primero, la seducción o el deseo?

Quizás van alternando sus hallazgos y equívocos. ¿Tras cuánto tiempo de anhelar algo llega hasta nuestros ojos y nos rinde como una sorpresa? Ya creemos olvidado un deseo, ya no lo acoge nuestra piel, desde hace siglos que no cerca nuestra inteligencia, y vuelve un día como un milagro, justo como si irrumpiera en el primer momento en que lo deseamos.

¿Cómo llegamos de ahí hasta aquí? Sumando un día con otro, tramados uno en otro, sin más alianza.

Hace tiempo, en un tiempo remoto —hacia atrás ya casi todo se ve lejos— yo tuve un tiempo de insomnios. Hay quien asegura que dormir bien o mal es un asunto de herencia, como tantos otros. Yo sé que despertar en mitad de la noche, con el mundo creciendo deforme y aciago bajo la almohada, puede parecer un vicio de siempre, como la disposición a tararear canciones cuando algo nos preocupa, como la inexorable habilidad para otorgar a nuestras pertenencias una vida autónoma que las hace extraviarse, huir de nuestra vera igual que si se mandaran solas.

Hay cosas que no contaré nunca. Y no por díscola, sino porque no me atrevo a tocarlas.

Escribir siempre es arriesgar. Ponerse en manos de los otros. Aún quien hace ficción, habla de sí aunque hable de seres imaginarios.

La intimidad, por más que la expongamos, siempre será un abismo conmovedor y asombroso capaz de ponernos frente a lo impredecible. No importa cuánto la nombremos, siempre será necesaria una clave para abrir ese sésamo y entender sus tesoros.

Ahora un día se parece a los otros y por eso siento que se escapan tantos al mismo tiempo.

¿Cómo
tendré las manos
cuando muera? ¿Agradecidas? De cuántas cosas tendrían que estar agradecidas.

Es ley bailar de amores, embriagarse, ir al cielo con zapatos y sin futuro, no tener miedo de morirse ni de estar vivo.

Hacer planes, como bien lo sabía la lechera, entusiasma los pasos y ayuda a subir la cuesta. Si después se nos cae el cántaro de leche no necesitaremos llorar, porque estaremos en la cumbre de algún sueño y desde ahí será menos arduo volver al trabajo.

¿Por qué moverse de una cama tibia, si a uno no le preocupa el futuro? ¿Por qué llegar puntual a los lugares? ¿Por qué la prisa? ¿Por qué andar correteando a la eficacia, al éxito? ¿Por qué negarse a las conversaciones largas, al simple dejar pasar el tiempo sobre nuestro cuerpo y nuestros deseos?

Como hemos de morir alguna tarde, qué bueno es estar vivos ahora y soñar con la luna de la semana próxima, con el futuro como una invocación y los años que la vida nos preste como un hechizo sin treguas.

A veces ando de aquí para allá, sin saber de dónde a dónde. Y en mi caso, a veces es casi siempre.

Yo creo que imaginar

el futuro, volverse hacia el recuerdo, el gusto por los otros y sus íntimos acantilados, resulta cada vez más difícil. Quienes no queremos dedicar nuestra vida a hablar de la pesadumbre ¿tendríamos que callarnos? No creo. ¿Será mejor callarse que correr el riesgo de parecer frívola o miedosa? Estimo que no. Por eso, vuelvo a proponerles sin más disculpas que me acompañen en la veleidad de, a pesar de todo, no encontrar despreciables ni el azar, ni la vida, ni el mundo en que tenemos el privilegio de vivir. Con el mismo derecho y la misma impudicia que las amibas y las estrellas.

No hay receta que diga cómo tratar a las grandes alegrías, por más que para entenderlas también se necesite rigor y entereza.

¿Qué nos toca hacer ahora a quienes fuimos jóvenes en los años setenta? ¿De qué podemos servir quienes pasamos por esta rara edad que antes era ya la perfecta vejez y a la que hoy nos negamos como algo caduco? Necesitamos lentes para ver de cerca, pero anaranjados, lilas, verdes. Viajamos llevando pastilleros, pero en busca de unos que se vean como juguetes. Nos empeñamos en usar el iPad y hacerle a los buzos diamantistas. Somos los hijos de la posguerra, las hojas de unos años que se creyeron la primavera. ¿Qué hacemos ahora quienes nos creímos una generación predestinada a hacer que todo fuera posible si no lo conseguimos?

Todos nuestros personajes nos apuntalan, nos mueven, nos mantienen vivos, nos quitan el terror a la muerte. No puede ser tan terrible ni tan fatal lo que ya les ha sucedido a quienes tanto recordamos. Tal vez no desapareceremos de repente, algunas de nuestras manías serán cómplices de otros, alguien oirá nuestra voz como un noble acertijo en mitad de un dolor. La vida no se cerrará sobre nosotros, mientras haya quien nos evoque de vez en cuando.

Para mí octubre es el mes de las promesas y los sueños, también el mes de los desfalcos. Sin duda el mes en que más trabajo cuesta aceptar que las cosas son como son.

Este octubre de 2019 tendré setenta. No sé cómo voy a sobrevivir este desafío. Pero lo cuento porque yo vengo de un tiempo en el que conversar era un remedio para casi todo. Sin duda un conjuro contra la soledad. Así que hablo de lo que tantos querrían innombrable y algunos encontramos digno de pregón.

La alternativa de esta edad es no tener ninguna.

Hace muchos años elegí vivir en la Ciudad de México, aquí, en el ombligo de mi país, en esta tierra sucia que acoge la nobleza y los sueños de seres extraordinarios. Aquí nacieron mis hijos, aquí sueña su padre, aquí he encontrado amores y me cobijan amigos imprescindibles. Aquí he inventado las historias de las que vivo, he reinventado la ciudad en que nací y ahora le temo a la vejez no por lo que entraña de predecible decrepitud, sino por la amenaza que acarrea.

Cada día anhelo
menos cosas que no
puedo tener. He ido
encontrando muchas
de las deseadas y
otras ya no las quiero.
Y de cuantos deseos
imposibles tuve,
sólo el tiempo y la
intensidad necesaria
para vivir parecen
urgentes.

No quiero temerles

a los cambios, ni al elocuente futuro,
ni al soberbio pasado. Quiero envejecer
como quien se hace joven.